La fête de l'Halloween

Texte français d'Isabelle Allard

Catalogage avant publication de Bibliothèque et Archives Canada

Titre: La fête de l'Halloween / texte français d'Isabelle Allard.
Autres titres: Peppa's Halloween party. Français. | Peppa Pig (Émission de télévision)
Noms: Baker, Mark, 1959- créateur. | Astley, Neville, créateur.
Description: Mention de collection: Peppa Pig | Traduction de: Peppa's Halloween party. |
"Ce livre est basé sur la série télévisée Peppa Pig." | "Peppa Pig est une création de Neville Astley et Mark Baker."
Identifiants: Canadiana 20190083778 | ISBN 9781443176248 (couverture souple)
Classification: LCC PZ23 .F48 2019 | CDD j823/.92—dc23

Cette édition est publiée en accord avec Entertainment One.
Ce livre est basé sur la série télévisée *Peppa Pig*.
Peppa Pig est une création de Neville Astley et Mark Baker.

Édition publiée par les Éditions Scholastic, 604, rue King Ouest, Toronto (Ontario) M5V 1E1 CANADA.

5 4 3 2 1   Imprimé en Malaisie 108   19 20 21 22 23

Par une belle journée d'automne,
Peppa et George jouent dehors.

— C'est l'heure de rentrer pour préparer
la fête de l'Halloween! crie Papa Cochon.

Dans la cuisine, Maman Cochon leur montre comment fabriquer une lanterne avec une citrouille.

D'abord, il faut enlever les graines, puis découper la citrouille. Ensuite, Maman Cochon met une bougie à l'intérieur et l'allume.

— C'est joli! s'exclame Peppa.

Maman et Papa Cochon aident Peppa et George
à enfiler leurs costumes. Peppa est une sorcière et
George est un dinosaure.

— Hé! hé! hé! glousse Peppa.
— Une vraie sorcière! dit Maman Cochon.
— Dinosaurrrrrr! *Grrr!* rugit George.

— J'allais oublier mon livre de magie, s'écrie
Peppa. Maintenant, je peux jeter des sorts.

Elle agite sa baguette magique.
— Abracadabra! *Groin!*

Les amis de Peppa et de George arrivent.
Tout le monde porte un costume qui fait
peur.

Soudain, ils entendent un hurlement. Ouaaaaaouuuuu!
— Qu'est-ce que c'est? demande Peppa.
— C'est juste moi! répond Danny Chien.
Je suis un loup-garou!

Peppa remarque le visage vert
d'Émilie Éléphant.
— En quoi es-tu déguisée, Émilie?

— En extraterrestre! *Blip! Bloup! Blip!* répond
Émilie en riant. Et Edmond est un fantôme.
   — En fait, je suis une apparition paranormale,
rectifie son frère. C'est un fantôme plus malin!

Papa Cochon ouvre la porte.
— Bienvenue à la fête! lance-t-il. Venez
manger de la tarte à la citrouille!

À l'intérieur, la maison est décorée
avec des citrouilles, des ballons et des toiles
d'araignée. Des chauves-souris sont suspendues
au plafond. Terrifiant!

Même Madame Gazelle est venue à la fête.

— Bonjour, dit Suzy Mouton. Je suis un vampire!
— Ah! Un vampire! s'exclame Madame Gazelle.
Quel beau costume!

Suzy remarque quelque chose de bizarre. Madame Gazelle ne se reflète pas dans le miroir... C'est sûrement son tour de magie pour l'Halloween!

Papa Cochon met de la musique et tout
le monde danse.
— J'adore me déguiser, dit Suzy Mouton.
— J'adore les fêtes de l'Halloween! ajoute
Peppa.

— Et tout le monde aime ma délicieuse tarte à la citrouille! s'écrie Papa Cochon. *Groin!*

Peppa et ses amis se sont bien amusés pour l'Halloween!